Analyse de l'œuvre

Par Christelle Denis

# GIGN - Confessions d'un OPS

## Philippe B et Jean-Luc Riva

lePetitLittéraire.fr

# **Analyse** de l'œuvre

Par Christelle Denis

# GIGN - Confessions d'un OPS

Philippe B et
Jean-Luc Riva

lePetitLittéraire.fr

# Rendez-vous sur lepetitlitteraire.fr et découvrez :

Plus de 1200 analyses
Claires et synthétiques
Téléchargeables en 30 secondes
À imprimer chez soi

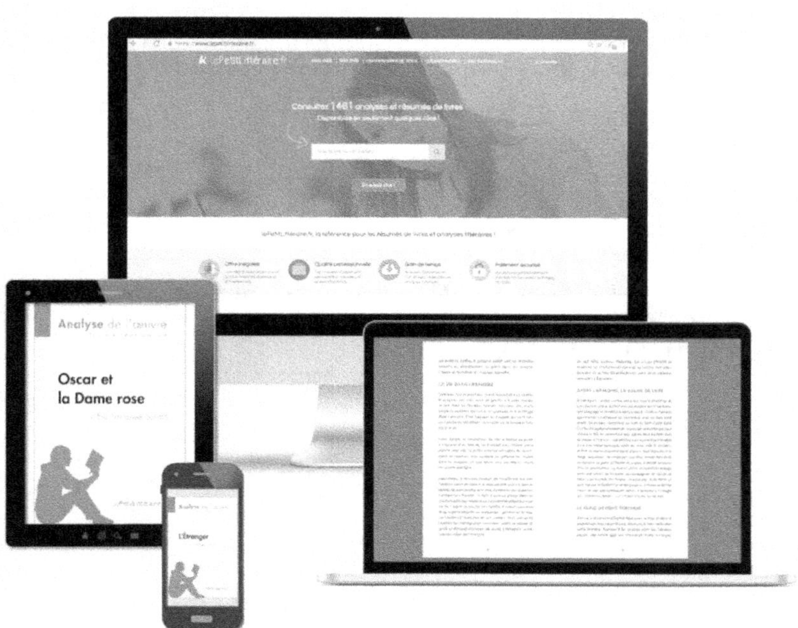

# GIGN

## CONFESSIONS D'UN OPS

- **Genre :** autobiographie
- **Édition de référence :** GIGN, *Confessions d'un OPS*, Bagnolet, Nimrod, 2019, 384 p.
- **1<sup>re</sup> édition :** 2019
- **Thématiques :** action, parcours initiatique, arts martiaux, groupe d'élite, stratégie, force mentale.

C'est en janvier 2019 que sort en librairie le premier livre de Philippe B., alias ATON. Il s'agit du récit autobiographique de Philippe B. qui a passé quinze années en tant que « OPS » au sein du fameux Groupe d'Intervention de la Gendarmerie Nationale. Au vu de la grande médiatisation de son auteur, reconverti en acteur et conférencier, le livre connait immédiatement un grand succès commercial.

Élevé à la dure, ATON développe, dès l'âge de 13 ans, une aptitude exceptionnelle pour les arts martiaux. Une passion qui le mènera durant son adolescence aux frontières de l'ultraviolence et de la délinquance. Pourtant, c'est aussi durant cette période, précisément dans le courant de sa seizième année, qu'il assistera en direct, à la télévision, à un évènement qui bouleversera toute sa vie. Il s'agit du célèbre assaut du GIGN sur un Airbus à Marignane en 1994. En ce jour d'hiver, Philippe B. en est convaincu : il fera partie de ces hommes-là !

Voici donc l'histoire de Philippe B., un « OPS » au parcours exceptionnel. Au fil des pages, le lecteur suit les opérations de l'homme, à la fois tireur, instructeur en sports de combat, chuteur opérationnel... On suit ses exploits tant en Libye, dans le golfe d'Aden, en Irak que sur le territoire français, puisque Philippe B. était présent lors des terribles attentats de Charlie Hebdo en 2015.

Avec les précautions qui s'imposent, l'auteur lève le voile sur le quotidien des opérationnels du fameux groupe d'intervention.

# PHILIPPE B. ALIAS ATON

## ÉCRIVAIN FRANÇAIS

- **Né en 1978 à Saintes (Charente maritime)**
- **Autre œuvre commune de l'auteur
  avec Jean-Luc Riva**
  - *Féral, cette force qui est en nous*, Bagnolet, Nimrod, Bagnolet, 2020)
  - *Feral* est également un récit autobiographique de Philippe B. Le livre s'inscrit dans la lignée de *GIGN, Confessions d'un OPS*, mais se veut cette fois davantage le témoignage de l'auteur, révélant le cheminement physique et psychique qu'il a adopté pour atteindre ses objectifs de vie.

## Philippe B.

Philippe B. a été membre du GIGN (Groupe d'intervention de la gendarmerie nationale) durant 15 ans. Grièvement blessé en 2017, il se voit contraint d'abandonner sa carrière l'année suivante, à l'âge de quarante ans.

Après une jeunesse tiraillée entre un père autoritaire et des collégiens harceleurs, le frêle adolescent décide, à 13 ans, de s'affranchir de son destin de victime désignée et s'inscrit au karaté. Il devient vice-champion de France de full-contact à l'âge de 17 ans, cette période de sa vie se déroule toutefois à la limite de la délinquance. En 1994, à l'âge de 16 ans, devant la télé et les images de l'assaut d'un Airbus à Marignane, détourné par des terroristes, il n'a plus qu'un objectif : « entrer au GIGN ».

À 25 ans, Philippe fait partie des trente candidats à passer les épreuves de sélection titanesques afin d'accéder au prestigieux « Groupe d'Intervention de la Gendarmerie nationale ». Il atteint son objectif et joue un rôle central au sein de l'Unité d'élite jusqu'en 2018. Il termine chef de groupe, effectuant des interventions, des « OPS » (opérations spéciales) en France, mais aussi à l'étranger. Il devient chuteur opérationnel, instructeur en sports de combat, expert en explosifs et tireur d'exception. Son adresse, son sang-froid, sa perspicacité seront déterminants pour la réussite de certaines missions. Il participe également à la formation d'unités d'élite en Jordanie, au Liban et aux Émirats arabes unis.

Dans *GIGN, Confessions d'un OPS*, il témoigne de son parcours du combattant, de son quotidien, de ses réflexions au sein de cette unité d'élite. Le livre est coécrit avec Jean-Luc Riva. Philippe B. s'est reconverti en auteur (à succès) ainsi qu'en acteur pour le grand écran sous le nom d'ATON.

## Jean-Luc Riva

Jean-Luc Riva cumule les expériences professionnelles, au sein d'un régiment de parachutistes, dans le renseignement militaire, enfin comme instructeur. Depuis 1997, il est directeur d'un Établissement Public Administratif dans la région parisienne. Il est l'auteur ou le coauteur de nombreux récits consacrés au GIGN :

- PROUTEAU C. et RIVA J.-L., *GIGN, Nous étions les premiers*, Bagnolet, Nimrod, 2017.
- RIVA J-L, *Les enfants de la Loyada*, Bagnolet, Nimrod, 2016.

- 9 -

# RÉSUMÉ

Dire des premières années de vie de Philippe B. qu'il s'agit d'un parcours sinueux et semé d'embuches n'est qu'euphémisme. Les premières pages nous font découvrir Philippe, frêle enfant, sujet à brimades de la part de ses camarades d'école et vivant dans l'ombre d'un père, professeur, qui en impose. À 13 ans, avec l'accord des médecins, il demande à son père, qu'il qualifie de « grand ordonnateur » (p. 15), de l'inscrire au karaté. La transformation physique du jeune adolescent est spectaculaire et ses capacités physiques et mentales telles qu'il quitte rapidement le club de karaté pour intégrer l'école d'arts martiaux de Saintes où l'on pratique la boxe anglaise et le full-contact. Et là, les coups, on les donne et on les reçoit vraiment. Seulement la technique ne suffit pas. Pour devenir un combattant, il faut aussi la hargne et la hargne, Philippe, il l'a !

Noël 1994, Philippe âgé de 16 ans se rêve acteur de cinéma dans les films d'action « à la Bruce Willis ou Sylvester Stallone ». C'est à cette période qu'il visionne, en direct à la télévision, l'assaut historique par le GIGN, celui de Christian Prouteau, Philippe n'a plus, dès lors, qu'une idée en tête : servir au GIGN. Mais on n'entre pas au GIGN comme cela, même si l'on s'est forgé une armure de combattant, il faut d'abord rejoindre une unité.

Ce sera l'escadron 14/1 de Satory. Entre le moment où il dépose sa candidature, celui où il réussit les tests de sélection et celui où il reçoit son ordre de convocation pour rejoindre l'école de formation de la Gendarmerie, deux années se sont écoulées. En effet, sa candidature suscite de grands questionnements au regard de son parcours et de son passé à la limite de la délinquance.

Puis, il s'agit de remporter la sélection impitoyable du GIGN : réussir les épreuves alliant des aptitudes physiques indéniables, mais aussi mentales et intellectuelles.

Le chapitre dix commence ainsi :

> *J'y suis enfin ! En ce dimanche 7 septembre 2003, à 17 heures, nous sommes trente à être rassemblés à Satory, à l'entrée du mythique bâtiment du GIGN en forme de flèche, pour les tests de sélection qui vont se dérouler sur une semaine.* (p. 72)

Philippe B sort parmi les premiers de la promotion. L'entrée au groupe se dessine malgré l'opposition formulée par les psychologues en raison d'un profil atypique et de ses nombreuses erreurs de jeunesse. Toutefois, ce sont les instructeurs, « le terrain », qui ont toujours le dernier mot ; ces derniers pensent pouvoir canaliser et contrôler l'énergie de Philippe B. Ils lui ouvriront donc les portes étroites du GIGN pour en faire un « OPS ».

Le lecteur est plongé au cœur des épreuves de sélection d'entrée au GIGN par des descriptions précises des conditions et le soin des détails très terre-à-terre donnés par l'auteur. À titre d'exemple, le chapitre huit (p. 79) s'ouvre sur « l'épreuve de la poutre ». C'est un obstacle considéré comme mythique puisque « la poutre » fait figure de séquence incontournable dans les reportages consacrés au Groupe. Il faut dire qu'avec ses cinq mètres de long et ses 20 centimètres de large, le tout perché à 20 mètres au-dessus du vide, elle a de quoi impressionner. Aux apprentis de progresser, de s'arrêter, de se retourner au son de la voix de l'instructeur. Ce dernier teste la capacité de réflexion, pendant cet exercice périlleux, en ordonnant de retirer son harnais de sécurité, « son assurance ». Les plus intrépides, ou faudrait-il dire les plus irréfléchis, qui obtempèrent (ils n'en auront jamais le temps, le moniteur les arrêtant immédiatement) ne reverront jamais le GIGN.

Enfin, terriblement impressionnante, est racontée, dans le chapitre 14, l'épreuve finale dite du « coxage ». Une simulation (extrêmement proche de la réalité) d'une prise d'otages par un groupe de mercenaires. Cette scène, d'une violence inouïe, durera 17 heures. Ce passage mérite d'être découvert en détail dans le livre si le citoyen civil veut prendre conscience de la dureté des épreuves imposées aux candidats. Il illustre fidèlement la force physique et mentale exceptionnelle nécessaire au succès des « OPS ».

De 2003 à 2018, Philippe B. nous invite à le suivre en opération, en entrainement, en mission, sur l'eau, dans les airs, etc., au contact des forces spéciales du monde entier avec un incontestable sens du devoir et de l'abnégation et un esprit Free Fly, revendiqué. Philippe B. partira accomplir chaque mission en se rappelant la phrase fétiche d'un de ses instructeurs : « Suis-je utile ? ».

Utile, il le sera assurément, démontrant un caractère bien trempé et des qualités de tireur hors norme. Il inspire tant le respect des « frères » que la crainte de l'ennemi.

Outre le récit des ordres exécutés, il raconte aussi, sans filtre, le devoir de conscience de désobéir aux injonctions politiques lorsqu'elles se trouvent à ce point déconnectées de la réalité du terrain.

Puis, il relate les relations difficiles avec des officiers responsables de services opérationnels militaires, les situations surréalistes rencontrées lors de prises d'otage à cause de médias télévisés diffusant en direct, à partir d'un hélicoptère, les préparatifs d'intervention du GIGN, dévoilant leur position lors de l'affaire des frères Kouachi. Il n'omet pas de souligner la lourdeur administrative et notamment la compétence territoriale qui a montré son absurdité. Ainsi lorsque les gendarmes, avec des médecins et infirmiers spécialisés dans les blessures de guerre, restent cantonnés à 200 m du Bataclan soumis à une attaque terroriste, mais ne peuvent intervenir, car les faits se déroulent en zone police (et non en zone gendarmerie).

En décembre 2018, Philippe B. a fait ses adieux aux armes en allant saluer une dernière fois le drapeau du GIGN. Les témoignages réunis à la fin de cet ouvrage apportent un autre éclairage sur Philippe B, l'ancien OPS, sur Aton, le nouvel acteur. Avant de clore le livre, Philippe B. distille quelques conseils, pour ceux qui restent et pour les autres, aux OPS, aux futurs officiers, à la gendarmerie, aux responsables politiques présents et à venir.

# ÉTUDE DES DEUX PERSONNAGES CENTRAUX : PHILIPPE B. ET LE GIGN

S'agissant d'un récit autobiographique, le personnage central, le narrateur et l'auteur ne font qu'un.

Le livre repose sur deux piliers :

## PHILIPPE B.

Le témoignage autobiographique de **Philippe B**. Enfant timide et réservé, il craint tant ses « camarades » d'école qu'un père, professeur, imposant sa loi tyrannique à la maison. La rencontre providentielle avec les arts martiaux fait de son corps une statue grecque et de son être, un adolescent rebelle et violent. Son bac obtenu dans la sueur et le sang (la violence et les bagarres nourrissent son quotidien bien davantage que Molière et Shakespeare), il enchaine les petits boulots afin d'échapper au domicile familial. Durant ces années d'errance, au détour d'une boite de nuit, il rencontre Edwige, sublime Africaine qui deviendra sa femme, son socle, sa force et la mère de ses enfants.

> *Mais ce qui définit Philippe, sa véritable naissance, c'est son arrivée, non pas au monde, mais au GIGN. Philippe entre au GIGN comme on entre dans les Ordres. Plus qu'un métier, c'est une vocation, un*

*sacerdoce, une hargne salutaire. Il se veut et deviendra le meilleur. L'OPS d'élite qui, lors de chaque mission nationale ou internationale, qu'il soit chuteur opérationnel, instructeur de sports de combat ou tireur d'élite, ne sera animé que par un unique questionnement : « Suis-je utile ? »* (p. 108).

## LE GIGN

La mise à l'honneur de l'institution **GIGN**. École d'exception quant à ses exigences et à ses valeurs morales irréprochables qu'elle véhicule.

> *Le GIGN est un outil comme on dit, une force humaine. C'est avant tout une volonté commune de faire LE BIEN, d'agir là où la raison opterait parfois pour le renoncement.* (p. 366)

Tout au long du récit qui relate quinze années au sein du Groupe, un florilège de noms, de rencontres se succède. Roland, Puce, Christian, La Jauge, le major Thierry, Frédéric Mortier, alias Fred ou Frédouille, « un chuteur à la limite de l'extrême, mais aussi notre grand frère à tous... Il est mort, Frédouille ! » (p. 148).

Un nom ressort malgré tout parce qu'il résonne particulièrement dans l'histoire de Philippe. Celui de Christian Prouteau, le fondateur du GIGN. Outre le respect sans borne qu'éprouve Aton pour ce dernier (et son équipe), Christian Prouteau incarne véritablement le Groupe d'élite, qui deviendra l'obsession constructive du narrateur.

Tous font corps, chacun symbolise une brique de la construction du « personnage GIGN ». On entre au GIGN comme on entre en religion.

Le GIGN nous apparait comme un personnage en soi parce que, et surtout, il est un personnage hors norme. Au GIGN, contrairement à l'armée traditionnelle, la parole est libre. Les membres s'appellent tous par leur prénom. Ils tutoient les officiers qu'ils ont formés et vouvoient les autres. Le « Groupe » peut sembler opaque vu de l'extérieur. Il est un bloc, un seul corps, une unité… spéciale.

Philippe B. décrit parfaitement ce particularisme en citant le colonel canadien Bernd Horn (Horn et Balasevicius 2007) (et d'autres historiens) qui a fait une analyse assez poussée des forces spéciales (p. 136).

> *Dans bien des cas, cela est dû au fait que le commandement et la discipline sont moins contraignants. On insiste moins sur le protocole, le cérémonial et la conduite règlementaires.*
>
> *Cela fait partie de leur attrait, comme leur désir de se démarquer de l'armée « régulière », mais leur vaut également l'hostilité de la hiérarchie traditionnelle. Cette dynamique s'explique néanmoins par le type de personne qui intègre ces unités. Selon David Stirling, fondateur du Special Air Service,*

*il était possible de « contenir » les recrues, mais pas vraiment de les « dompter ».*

*Les bérets verts américains ont eux aussi été dépeints par le général Peter de la Billière, une légende au sein du SAS, comme « des hommes qui voulaient faire des choses différentes et stimulantes sans être entravés par une discipline trop stricte ». Il pense que la plupart des volontaires, comme lui-même, « étaient des individualistes qui ne voulaient pas être soumis à la discipline draconienne » de l'ensemble de l'armée. [...] Cette mentalité tellement étrangère à l'armée traditionnelle est la marque des forces d'opérations spéciales. C'est leur plus grand atout, mais c'est aussi cette mentalité qui provoque le plus grand clivage entre elles et les forces classiques : le soldat autonome.*

Par un descriptif réaliste indissociable de son franc-parler, Philippe B. nous livre les environnements géographiques, les atmosphères de haute tension psychologique, les drames humains qui ont jalonné son quotidien de Chef d'élite durant quinze années.

Il confie, avec pudeur, le mode de fonctionnement de l'architecture mentale, physique, émotionnelle qui fut la sienne durant cette vie « hors-norme ». Le lecteur possède ainsi toutes les cartes pour reconstituer le profil bien plus riche et complexe d'un personnage, que « l'OPS » annoncé par le titre du livre pourrait limiter à une caricature militaire.

Avec humour et sensibilité, il rend ouvertement hommage au personnage principal de son livre : le Groupe d'Intervention, ses valeurs et les hommes qui les défendent.

# CLÉS DE LECTURE

> **Le saviez-vous ?**
>
> Dans la mythologie égyptienne, le dieu Aton, représenté par un disque solaire, est à l'origine de la force vitale qui anime les choses et les êtres.
>
> La force de vie intérieure constitue bien une des thématiques principales du livre d'Aton. Celle qui permet de « SURvivre » *et surtout d'avancer.*

## LE RÉCIT D'UN (ANTI-)HÉROS OU D'UN GROUPE HÉROÏQUE ?

On peut s'interroger sur la dichotomie entre notre regard admiratif sur le parcours du combattant d'Aton (et de ses frères d'armes) et son insistance à ne pas se présenter personnellement comme tel, mais bien à mettre en lumière l'action « héroïque » de l'unité du groupe :

> *Stallone, Schwarzy, Van Damme et bien sûr Jean-Paul Belmondo n'ont pas tardé à être rejoints par ceux que je qualifiais de héros. Je dis volontairement « qualifiais », car il n'y a pas de héros dans notre métier.* (p. 365)

> *Il faut avoir un égo dimensionné, il faut croire en soi pour ensuite croire en la force du Groupe.* (p. 364)

Il existe maints exemples d'œuvres mettant à l'honneur la figure du héros en littérature française. Quelle figure centrale issue d'un roman, d'une nouvelle, d'un essai, révèle également la force héroïque de l'action d'un groupe uni pour « Le Bien » (ou pour le mal) ? La figure récurrente de Victor Hugo, Jean Valjean, personnage aux multiples facettes, qui se dressait en défenseur des injustices n'en est-il pas un exemple d'un autre temps ? De même, que penser d'Etienne Lantier, personnage emblématique du Germinal de Zola, qui incarne avec force le militantisme ouvrier de la révolution industrielle de l'Hexagone ?

Dans *GIGN, Confessions d'un OPS*, Philippe B. nous livre son histoire en insistant sur le véritable héros de l'histoire : le Groupe d'Intervention de la Gendarmerie Nationale. Partant, le lecteur, au travers des missions où s'entremêlent raid armé, politique, terrorisme peut légitimement élargir le cadre militaire et s'interroger sur le monde qui est le sien.

En personnifiant des histoires se déroulant aux quatre coins de la planète, qui terminent dans les journaux, Philippe B. met en lumière la vérité qui sommeille en elles et que seule probablement la littérature peut encore transmettre : le vieux mot d'héroïsme. Fait-il encore sens aujourd'hui ? Et si la gestion administrative se substitue à l'action héroïque, et si le social, l'économique, les jeux politiques remplacent l'instinct vital, c'est peut-être l'existence même d'un monde réellement humain qui est mise en question ?

L'intérêt de l'histoire de Philippe est l'entrelacement des histoires entre elles, des histoires et de l'Histoire, des « je » et du « nous », comme les fils d'une pelote. Quand une génération de lecteurs fusionnera avec le souvenir de l'assaut héroïque du groupe de Christian Prouteau sur le tarmac de l'aéroport de Marignane, une autre revivra avec émotion les attaques sanglantes du Bataclan de 2015. L'histoire singulière, celle du narrateur, celle de sa quête de réalisation, « être l'un d'entre eux », l'un de ces hommes, l'une des briques de ce groupe héroïque rencontre, par le récit des évènements historiques, d'autres histoires, d'autres morts, les nôtres.

## À LA LUMIÈRE DE *FÉRAL*,
## LA NATURE OU LA CULTURE ?

L'intitulé du second ouvrage de Philippe B., *Féral.*, offre une autre clé de lecture. *Féral* (du latin, *fera*, bête sauvage) « se dit d'une espèce domestique retournée à l'état sauvage » (Larousse.fr).

De l'aveu même de son auteur, dans son second ouvrage, Philippe B. raconte sa vie « d'après GIGN » en mettant à l'honneur la même rage de réussir sa carrière d'acteur que celle dont il fait preuve pendant son parcours d'« OPS ». Toutefois, au-delà de la rage, il faut surtout savoir se projeter, se préparer physiquement et moralement. Il s'agit d'être apte à surmonter les épreuves, se relever des échecs et poursuivre la route en dépit des doutes, des obstacles.

Ainsi, il est intéressant de procéder à une lecture combinée des deux ouvrages qui, bien que se référant à des contextes très différents, mettent à l'honneur des qualités et valeurs humaines identiques.

À cet effet, comme Philippe B. nous raconte le dépassement de soi dans *GIGN, Les confessions d'un OPS*, dans *Féral*, il propose de réveiller la force de la bête qui sommeille en nous.

L'occasion s'offre au lecteur de tirer de la lecture simultanée des deux ouvrages des leçons et questionnements plus universels. Quelle est la part, en chacun de nous, de libre arbitre ? La partie vierge qui « connait le terrain » face à la culture, le conditionnement de la société hiérarchisée ?

Le passage de la prise d'otage d'un navire allié par des pirates somaliens l'illustre dignement. L'ordre hiérarchique politique en cas de remise de rançon est l'exécution sans sommation des pirates africains. Philippe B. nous relate la réaction des soldats d'élite, sur place :

> *Ce sont des voleurs, certes [...], mais ce sont aussi de pauvres villageois qui n'ont encore tué personne. Je suis contre, dit l'un de nous... aussitôt imité par tout le groupe.* (p. 181)

Cette deuxième clé de lecture ouvre la porte d'un grand classique de la philosophie et de la littérature française, celui du rapport de la nature à la culture, de l'animal à l'homme.

*L'animal fait un avec la nature. L'homme fait deux. Pour passer de l'inconscience passive à la conscience interrogative, il a fallu ce schisme, ce divorce, il a fallu cet arrachement.* (Vercors 1952 : p. 195)

Il existe de nombreux philosophes et écrivains qui critiquent la culture. Parmi les plus célèbres, Rousseau, dans la préface de *L'origine et les fondements de l'inégalité entre les hommes (1755)*, explique que la nature humaine est fuyante, insaisissable. L'histoire a creusé un gouffre entre l'homme naturel et l'homme civilisé. Ce qu'il y a de naturel dans l'homme, c'est son arrachement progressif à la nature, son éloignement progressif de l'état primitif. La culture a à ce point transformé l'homme qu'il serait vain de chercher dans l'état de nature les traits de l'homme civilisé. Rousseau définit l'homme actuel par tout ce en quoi il diffère de l'homme primitif. L'homme est l'œuvre de son histoire et non de la nature. Rousseau définit l'homme par sa capacité à se redéfinir continuellement à s'améliorer. C'est précisément cette volonté de modification, de remodelage de lui-même qui installera l'homme dans la culture.

Dès lors, la comparaison de la vision du rapport qu'a l'homme à la nature et à la culture telle que conçue par le philosophe du XVIIIe siècle et par le Féral du XXIe s'avère riche de commentaires.

## À LA LUMIÈRE DU ROMAN INITIATIQUE

Comme son nom l'indique, le roman initiatique (ou roman d'initiation) est un roman d'apprentissage.

Le thème principal et caractéristique de celui-ci est la réalisation d'une ambition et l'accomplissement d'une vie par le personnage principal. Derrière l'apprentissage d'un domaine, un jeune héros y découvre en fait les grands évènements de l'existence comme la mort, l'amour, la haine, la réussite, le dépassement de soi, etc.

Le jeune héros, c'est Philippe B. : enfant chétif et maltraité, adolescent violent et maltraitant, major de promotion au sein du cercle élitiste de la gendarmerie nationale et enfin improbable acteur de cinéma. Se définissant lui-même comme l'éternel marginal du groupe, il ne lâche pourtant jamais son fil conducteur. Voici le cœur du livre, un fil d'Ariane, tissé par l'auteur, celui de la « Quête ».

En effet, Philippe B. ne résume pas la succession des luttes qu'il a menées comme une vie de combat, mais plutôt comme une quête de l'absolu. L'auteur nous livre alors un récit de motivation, le témoignage d'un engagement sans compromis pour une cause, quelle qu'elle soit. À partir de ce postulat, c'est le chemin qui devient beau... qui devient initiatique. Chaque épreuve, chaque passage, chaque devise devient métaphore.

❖ La structure du roman d'apprentissage est souvent **tripartite**.

### • **L'opposition du « héros » à son environnement**

Alors qu'il est encore jeune, le « héros » fait face à un monde hostile et réaliste. Il existe une rupture entre une âme juvénile incertaine et une réalité adulte abrupte.

Les conséquences sont de l'incompréhension et du refus des deux côtés. Dès les premières pages du récit, Philippe B. raconte les brimades des camarades dans la cour d'école ainsi que la dureté paternelle au sein du foyer.

> *Mon père n'apprécie guère mon statut de victime... J'arbore régulièrement un sourire niais, ce qui pousse régulièrement les grands à s'en prendre à moi. Dans ma tête de petit bonhomme, je trouve cela injuste.* (p. 9)

- **Appropriation d'expériences concrètes par le héros**

Le rapport du « héros » à son environnement déclenche son processus d'évolution et d'éducation. Dans cet environnement, le héros fait des expériences concrètes qui le font peu à peu grandir et murir.

> *Je ne vais pas choisir mon camp, mais, peu à peu, je vais décider de rendre les coups et de ne plus être victime. À cet instant, je n'imagine pas encore que je serai parfois le bourreau.* (p. 12)

Le « héros » entre dans la vie, cherchant tantôt l'alliance, tantôt le respect de l'ennemi, il se confronte aux épreuves successives de la réalité... puis, surgit la révélation d'une vocation.

Ainsi se déroulent l'enfance et l'adolescence de Philippe. D'un enfant d'abord chétif, craignant les condisciples et la figure paternelle, il se développe ensuite physiquement grâce au karaté. Puis viennent les arts martiaux. Il gagne en assurance. Il cherche la reconnaissance, « l'alliance » de son père. Il se tourne vers des instincts de revanche agressive vis-à-vis des « camarades » (l'ennemi). Jusqu'au fameux jour de Noël 1994, l'apparition à la télévision de l'intervention du GIGN : la révélation !

- **Réconciliation avec le monde : canalisation de la violence destructrice en quête reconstructrice**

Le cheminement du « héros » se termine par un « état d'équilibre », à la fois intérieur et vis-à-vis du monde extérieur. Le processus d'évolution l'a mis au clair avec lui-même, avec sa place dans le monde qui l'entoure. Il ne peut avoir de prise sur la société qui l'entoure. Il peut toutefois y trouver un sens, « SON » sens. Il choisit un métier... Plus exactement, une vocation, une motivation... une « Quête », au sein de ce monde qu'au départ, il méprisait.

> En opération, vous n'avez qu'une seule question à vous poser : « SUIS-JE UTILE ? » Cette question, à chaque mission, je me la poserai. (p. 108)

> Il faut plus qu'une envie ! Au-delà d'une mission, c'est un choix de vie. (p. 363)

❖ **Bilan du passé**

Une autre caractéristique du roman d'apprentissage est les « moments charnières » du processus d'évolution qui contribuent à clarifier l'évolution du héros. Le regard que porte le héros sur son passé est capital.

> J'ai cherché à comprendre. Je sentais ce truc en moi qui poussait à se dépasser. (p. 364)

*Pour le fils unique élevé à la méthode « spartiate », qui était en marge, il a fallu faire beaucoup d'efforts. [...]. J'ai fait des rencontres qui m'ont fait gagner en maturité, qui m'ont fait évoluer.* (p. 365)

## LE CHOIX DE L'AUTOBIOGRAPHIE

Le GIGN a déjà inspiré de nombreux auteurs. Les exploits de ces hommes de l'ombre sont un sujet très inspirant pouvant se décliner sous différentes formes. Philippe B., à l'instar d'autres écrivains, aurait pu choisir de raconter sa vie dans un roman de fiction. Tout comme il aurait pu privilégier le choix de la biographie, comme l'un de ses « maîtres », Christian Prouteau, le fondateur du GIGN.

Alors, opter pour la forme des *Confessions* a-t-il un impact sur le lecteur ?

L'autobiographie est un genre particulier. Il s'agit d'un récit à la première personne. L'auteur, le narrateur et le personnage principal ne font qu'un. L'importance du « moi » est capitale. Certes, les évènements décrits ont bel et bien existé, mais ils sont rapportés exclusivement du point de vue de son narrateur. Le « moi » d'aujourd'hui, ATON, acteur, part à la recherche de son « moi » passé : enfant, adolescent, OPS. On retrouve dans le choix de l'autobiographie une écriture caractérisée par une alternance de récit et d'analyse. Le récit est consacré à une restitution du passé et l'analyse se situe au moment de l'écriture. L'auteur souligne ce qui le rapproche ou l'éloigne de l'être qu'il fut dans le passé. L'auteur analyse ses conduites passées, leurs motivations, parfois s'en justifie. Il souhaite apporter son témoignage personnel sur une période, des évènements partagés, parfois, par le plus grand nombre. L'autobiographie établit certainement un rapport intime et privilégié avec le lecteur qui est pris à témoin. Ce dernier pourrait même être appelé à devenir juge, confident, voire complice.

# PISTES DE RÉFLEXION



* Le récit de Philippe B. nous pousse à réfléchir à la définition que chacun de nous donne au « Bien » et au « Mal ». Le sens commun, la religion, la loi, autant de normes qui convergent vers la règle ultime : « Tu ne tueras point ». Le GIGN ne déroge pas à cette règle. Toute vie perdue ou ôtée est un échec (« La première règle de notre code d'honneur, le respect de la vie » [p. 137] ; « Nous traînons nos morts derrière nous » [p 197]). Pourtant, l'histoire est loin d'être dénuée d'épisodes meurtriers, certes « par nécessité », ôter des vies pour en sauver d'autres. Ici se situe le point d'entrée d'un débat philosophique. Quand s'efface la barrière de l'interdit par nécessité, par obligation, par « survie » ?

* L'histoire de Philippe B., le parcours improbable de l'enfant chétif, adolescent délinquant, qui devient major de promotion et quitte la plus haute instance de la gendarmerie nationale avec les honneurs, constitue un témoignage qui permet de poser la question du déterminisme. Le parcours d'une vie est-il tracé dès le départ ? Le fatalisme règne-t-il en maitre dans notre vie ou a-t-on le pouvoir de le contrer, voire de ne pas y croire ? Quelle est la force de notre détermination à vouloir changer l'échiquier de départ ?

- En quoi la force mentale est-elle, précisément, la clé pour passer outre un contexte inconfortable, ou un instant de vie insupportable ? Quelles sont les clés qu'offre Philippe B. ?

- En quoi l'éducation nous formate-t-elle ? Faut-il s'y référer sans réflexion personnelle ? S'avère-t-elle un guide ou un frein à notre propre évolution ? Quelle place prend-elle dans notre appréhension à la prise de risque ?

- Lors des passages relatant les réactions des plus hautes instances totalement déconnectées de la réalité du terrain, le récit de l'OPS met en lumière le fossé réel entre « les têtes pensantes » du pays et les prises de décision pragmatiques au cœur de l'action. Que penser des décisions des énarques dirigeant la France face au danger imminent menaçant la vie humaine ?

- Le passage où l'hélicoptère de BFM TV, diffusant en direct l'immeuble où se sont réfugiés les frères Kouachi, a ainsi risqué de faire capoter l'opération du GIGN nous interroge sérieusement sur la place des médias dans notre société. Au-delà des médias, la réflexion vise également la nouvelle réalité de « l'immédiateté » de notre monde. Internet, les réseaux sociaux, la diffusion « on-line », etc. Quel recul avons-nous encore lorsque l'information, vraie ou factice se déverse brutalement sous nos yeux ?

- En lien avec la réflexion précédente, le lecteur peut légitimement s'interroger sur les honneurs politiques accordés aux délits anecdotiques, mais relayés généreusement par la presse face à l'ingratitude à l'égard des hommes risquant leur vie au cœur d'opérations totalement secrètes. En somme, l'honneur que nous concède « la visibilité » est-il gage de valeur suprême ?

- Le récit met en évidence l'absurdité du poids de l'organisation d'une société (notamment administrative) pesant plus lourdement dans la balance que le sauvetage de vies humaines. Ainsi, lors des attentats meurtriers de novembre 2015, toute une armée de gendarmes et médecins chevronnés est empêchée dans son intervention parce qu'ils se trouvent en « zone de police » et non en « zone gendarmerie ». L'actualité a malheureusement déjà fourni l'occasion de constater le dysfonctionnement de nos organismes politiques, judiciaires, administratifs au prix de la vie humaine. Qu'inspire ce modèle de société ?

# POUR ALLER PLUS LOIN

## ÉDITION DE RÉFÉRENCE


- Aton et Riva J.-L., *GIGN Confessions d'un OPS*, Nimrod/ Movie Planet, Bagnolet, 2019.


## ÉTUDES DE RÉFÉRENCE


- Goethe J.W. von, *Wilhelm Meisters Lehrjahre*, Johann Friedrich Unger, Berlin, 1795-1796.

- Goethe J.W. von, *Wilhelm Meisters Lehrjahre*, Paris, François Louis, 1802 [version française].

- Horn Colonel B. et Balasevicius T. (Eds.), *Lumières sur les forces de l'ombre. Une perspective canadienne sur les Forces d'opérations spéciales*, Toronto, Dundurn, 2007.

- Rousseau J.-J., *Les fondements de l'inégalité parmi les hommes*, République de Genève, Marc Michel Rey, 1755.

- Vercors R. de, *Les Animaux dénaturés*, Paris, Albin Michel, 1952.

- « Féral », sur le site web de Larousse.fr, https://www. larousse.fr/dictionnaires/francais/f%c3%a9ral/33271.

Votre avis nous intéresse !
Laissez un commentaire sur le site de votre librairie en ligne
et partagez vos coups de cœur sur les réseaux sociaux !

# lePetitLittéraire.fr

- un résumé complet de l'intrigue ;
- une étude des personnages principaux ;
- une analyse des thématiques principales ;
- une dizaine de pistes de réflexion.

**Retrouvez
notre offre complète sur
lePetitLittéraire.fr**

www.lepetitlitteraire.fr

ISBN version numérique : 9782808024532
ISBN version papier : 9782808024549
Dépôt légal : D/2021/12603/67

Conception numérique : Primento,
le partenaire numérique des éditeurs.